Andrea-M. Spiering

Filou

Ein modernes Märchen

Andrea-M. Spiering

Filou

Vom kleinen Bären,

der einen Namen und ein Zuhause bekam

- Ein modernes Märchen -

Gedanken einer Mutter

- Gedichte-

Verlag: BoD · Books on Demand GmbH, Überseering 33,22297 Hamburg
bod@bod.de
Druck: Libri Plureos GmbH, Friedensallee 273,22763 Hamburg

ISBN 978-3-8192-2738-7

Für meine beiden Mädchen
Driki – hier
Ena - überall

Ich hab euch lieb

Längst überfällige Gedanken

Gestern jährte sich nun schon zum **siebzehnten Male** der Tag, an dem für mich und meine Familie, aber auch Freunde und Bekannte, die Welt stehenzubleiben schien.

Das Unfassbare, Unabwendbare, Schmerzvollste war eingetreten.

Meine liebe Verena, 21 Jahre jung, unsere tapfere Kämpferin, hatte den letzten Kampf gegen ihre Krankheit verloren.

Seither legen sich, schichtweise, wie ich es mir und anderen erkläre, Erinnerungen wie Seidentücher über dieses Ereignis. Lassen es noch durchscheinen, aber immer weniger schmerzvoll, irgendwie.

Ich habe gelernt mit diesem Verlust umzugehen, quälende Fragen irgendwann nicht mehr zu stellen-Dieses: Warum gerade sie? Warum gerade wir? Warum???

Alle Phasen der Trauer durchlebt, manchmal „rückfällig" geworden.

Aber irgendwie ist der Mensch wohl so gestrickt, dass es im Laufe der Zeit mehr der schönen Erinnerungen gibt, als die an die schlimmsten Augenblicke.

Und gerade in die Zeit der wachsenden Angst vor dem Unaussprechlichen, der Furcht vor dem schlimmen Gedanken an das bald Loslassen-Müssen, und nicht zu

wissen, was das bedeuten würde, für mich als Mami, für ihre liebe große Schwester, für ihren Papi, den die Verzweiflung irgendwie wegtrieb von uns,(er war da ,aber eigentlich auch nicht), unser aller Ohnmacht, erlebte ich ein klitzekleines **Wunder.**
Und das hatte ich damals zu Papier gebracht!
Eine Art modernes Märchen mit Wahrheitsgehalt, aber vor allem mit einer großen Portion Herzenswärme und Optimismus und Hoffnung, an die ich mich so klammerte.
Ich hätte Verena diese kleine Geschichte so gerne noch vorgelesen!
Aber dann überschlugen sich die Ereignisse und ein emotionaler Tsunami überrollte uns alle, hinterließ ein Trümmerfeld der Gefühle aus Wut, Zorn, Verzweiflung, Hoffnungslosigkeit und einer nicht enden wollenden Trauer. Es brauchte so viel Zeit, wenigstens ein bisschen Ordnung in dieses Lebenschaos zu bringen.
Da ging der Gedanke an mein Märchen vorerst verloren.
Und nun, viele Jahre später, will ich es endlich wagen! Ich hab sogar das Titelbild selber gestaltet während einer Malwoche auf einer kleinen dänischen Insel namens ÆRØ.
Ermutigt durch einen guten Freund, möchte ich nun mein an mich selbst gegebenes Versprechen einlösen. Es soll ein kleines Büchlein werden und allen, die es in

den   Händen halten, ein Lächeln aufs Gesicht zaubern. Mut machen. Aber vielleicht auch Tränen erlauben, weil ich einige meiner ganz eigenen Gedanken in Gedichtform am Ende hinzugefügt habe. Das Leben hält immer, auch in den dunkelsten Momenten, einen Sonnenstrahl bereit.
Mein Lebensmotto:

La vie est belle!
Das Leben ist schön!
Andrea

Februar 2008.

Was für eine Geschichte!

Und so ein Glück, dass es Knut und Flocke gibt, die zwei Eisbärenkinder, die jeder zum Knuddeln liebhaben möchte. Ja gut, der Knut ist inzwischen schon ein Halbstarker und vielleicht nicht mehr ganz so süß, aber in Nürnberg im Zoo spielt das Eisbärenmädchen schon die Hauptrolle und erobert im Handumdrehen die Herzen kleiner aber auch großer Menschenkinder.

Schlimmes Erwachen

Und ich?? Was ist mit mir? So recht kann und will ich mich gar nicht erinnern. Irgendetwas Schreckliches war geschehen! Denn als ich vor zwei Tagen erwachte, glaubte ich erst, ich bin es noch nicht, sondern in einem furchtbaren Albtraum stecken geblieben. Ich fühlte mich ganz elend. Das Schlimmste aber war die Kälte und dass mir mein armer Kopf so wehtat. Eigentlich mochte ich die Augen gar nicht aufmachen. Also blinzelte ich nur ein klein wenig. Aber dann nahm ich all meinen Mut zusammen und schaute mich um.

„Was? Das kann doch nicht möglich sein!" Ich riss meine braunen Kulleraugen auf und konnte es nicht fassen. Wo war mein Kuschelkissen auf dem ich neben der

Spielzeugkiste immer mit Mauzi, meiner blauen Plüschkatzenfreundin, geschmust hatte? Und weshalb fror ich nur so sehr? „Zu Hilfe!", wollte ich rufen, aber das klang sehr kläglich.

RUMS!!!- Ein Scheppern und das Splittern von zerschlagenem Glas ließen mich zusammenzucken. Mein kleines Herz zersprang beinahe vor lauter Schreck! Ich drehte meinen Kopf ganz, ganz langsam und dann wurde mir klar, was geschehen war. Man hatte mich ausgesetzt, weggeworfen, entsorgt, hinter einer Reihe von Glascontainern, einfach so! Dicke Tränen kullerten über meine Wangen und meinen Kugelbauch. Was hatte ich denn nur getan? Ich konnte keinen klaren Gedanken fassen. Wieso konnten Menschen so herzlos sein? Warum hatte mich mein Kind nicht mehr lieb? Was sollte denn jetzt aus mir werden? Ich mochte mir überhaupt nicht vorstellen, was passierte, wenn das große Auto die Glascontainer holen käme. Oder ein streunender Hund, der erst an mir schnuppern würde und dann vielleicht noch sein Bein heben und...

"Igitt!! Ich will hier weg!!" Aber wo denn hin? Und wie überhaupt? Ich war so traurig, dass ich über meine Grübelei erschöpft einschlief.

Wieder schreckte ich auf, weil ein Mann seine Flaschen in die Luke geworfen hatte. Warum sah mich denn niemand? Ich war doch ein Eisbär! Gut, kein echter, aber immerhin ein schmuckes Exemplar ganz und gar aus Schafwolle! Vielleicht roch ich nicht gerade frisch, aber das war ja auch kein Wunder. Vielleicht sollte ich mal versuchen mich umzudrehen. Da sah ich ganz hinten am Ende der Straße jemanden kommen. Ob das nun gut oder schlecht oder egal sein würde?

Jetzt konnte ich eine Frau erkennen, die immer näher und anstatt auf dem Gehweg **vor** den Containern schnurstracks auf mich zukam und...lächelte! Ich hob meinen Kopf, versuchte, ihr meine Arme entgegenzustrecken und zurück zu lächeln. Umso größer war dann meine Enttäuschung, als sie sich von mir abwandte und weiterging. Das war nun einfach zu viel für so einen kleinen Knuddelbären wie mich! Ich schlug die Tatzen vor mein Gesicht und weinte wie noch nie in meinem kurzen Bärenleben! Alle Hoffnung war verflogen! So sah also das Ende eines nicht mehr gewollten Teddybären aus?!

Der Spaziergang

Ist schon eigenartig, wie ich immer noch in eine Art kindliche Phantasie eintauchen kann, obwohl ich mit meinen achtundvierzig Jahren nun wirklich schon eine ganze Weile als Erwachsene durchs Leben gehe... Aber an diesem Tag im Februar schien die Sonne, der blaue Himmel war viel zu blau und der Wind, der frech wehte, war viel zu sehr auf Frühling aus, als dass ich im Haus geblieben wäre! Meine Genesung ging voran und ich wollte mir ein bisschen frische Luft um die Nase wehen lassen. Auf der Hälfte meines Spazierganges musste ich an Glascontainern vorbei, die ziemlich blöd mitten auf dem Gehweg platziert worden waren. Da ich mich selbst als eine Art „Elster" sehe, die Dinge entdeckt, lange bevor es andere überhaupt bemerken, und auch gerne von unterwegs mitnehme, was mich zum Basteln oder Dekorieren inspiriert, faszinierte mich ein heller Fleck auf der Hinterseite der Container. In meinem Beutel piksten schon die Fruchthüllen der Haselnussbäume, besonders kugelig und igelstachelig. Daraus ließe sich bestimmt etwas Hübsches machen.

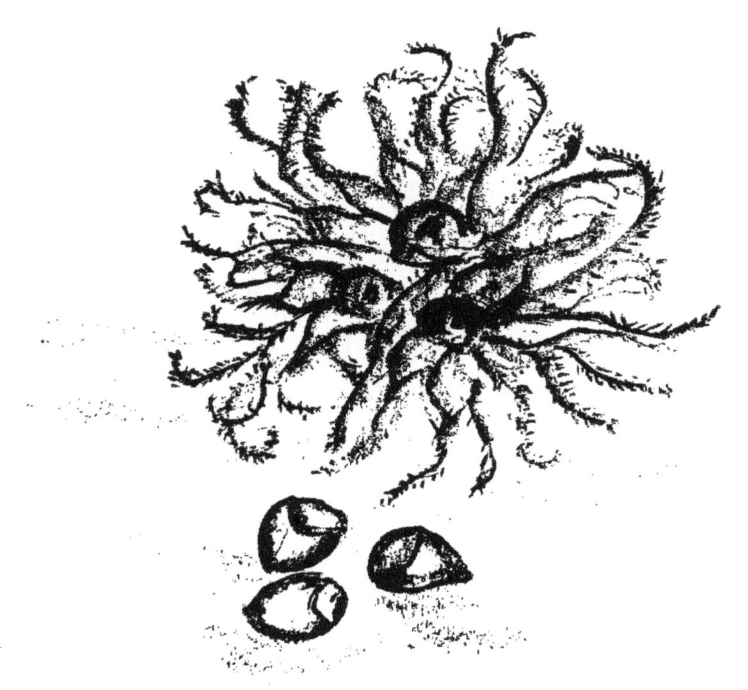

Aber mehr noch als meine gesammelten „Schätze" zog mich dieser helle Punkt wie ein Magnet an. Beim näheren Hinschauen entpuppte der sich als ein Eisbär aus Schafwolle. Ein süßer Fratz mit großen braunen Kulleraugen. Auch auf den zweiten Blick, ich war also hinter den Behältern entlanggegangen, konnte ich noch immer keinen Makel erkennen. Wer oder was konnte also der Grund gewesen sein, dieses niedliche Bärchen einfach zu entsorgen? Und ja aber doch nicht so endgültig, zum Beispiel **in** einen Müllcontainer sondern doch irgendwie sichtbar daneben?

Da saß der arme kleine Kerl nun und fühlte sich bestimmt von Gott, der ganzen Welt und vor allem dem Kind, seinem Kind, verlassen!

In meinem Kopf sperrte sich irgendwie eine Bremse. Ist sicher eine Art „DU-willst-doch-nicht-etwa-diesen-Bären-mitnehmen?!"-Bremse, die in den meisten Erwachsenen-Köpfen fest installiert ist.

Und ich ließ ab von der Idee der Adoption und spazierte weiter Richtung nach Hause.

Aber dieses Ziepen in der Herzgegend, diese kleine Traurigkeit trotz Sonne und blauem Himmel!

Glücklicherweise gibt es neben mir noch jemanden, der auch so ein großes Herz und diese kleine „Macke" ha (von wegen kindliches Gemüt). Das ist meine Schweser. Als ich ihr am Telefon von meiner Begegnung der besonderen Art erzählte, gab es gar keinen Zweifel. „Dann nimmst du eben das Auto und holst mich von der Arbeit ab. Fährst über den kleinen Umweg und wirst ja sehen, ob er noch da ist?!"

KLASSE! Das wollte ich hören! Schön, wenn man eine Seelenverwandte hat! Ich zählte beinahe die Minuten bis zum Dienstschluss und hoffte nun ganz sehr, dass mein kleiner weißer Freund noch ausharren würde!!

Das Ende!?

Aus! Alles war aus! Keine Hoffnung mehr! Der Himmel bezog sich, der Wind blies schärfer!

„Ach jeh! Ach herrjeh!" Ich konnte mich gar nicht mehr beruhigen. Mein Herz zog sich zusammen und ich fühlte mich, als ob ganz langsam das Leben aus meinem Schafwollbauch weichen wollte.

Immer wieder rollten Autos heran, Türen klappten, Kofferräume wurde aufgetan, um Körbe und Kisten mit leeren Flaschen und Gläser in die Container zu befördern.

Nichts konnte mich jetzt noch erschrecken, ich war dem Ende nah. Nur aus dem Augenwinkel erblickte ich noch ein schickes rotes Auto.

Es hielt an und ich wartete darauf, wieder Glas splittern zu hören. Aber nichts geschah...

Im nächsten Augenblick stand wieder dieselbe Frau vor mir und...lächelte. Dann ging alles sehr schnell.

Ich sollte wohl in einer Plastiktüte verschwinden, aber mein Bäuchlein war zu dick.

„Na, Kleiner! Macht nichts! Komm schon, wir fahren jetzt nach Hause!"

„Nach Hause?!"- das klang so wohlig warm, dass ich im Auto vor lauter Erschöpfung und Glück eingeschlafen bin.

Meine Schwester war also pünktlich und beim Einsteigen ins Auto bemerkte sie unseren blinden Passagier erst gar nicht. Auf einem Parkplatz, als sie ihre Tasche von hinten nehmen wollte, fiel ihr Blick auf den Bären und auch sie musste lächeln. „Ach, da hast du ja Glück gehabt, dass er noch da war!"

Tja, was für ein Glück!

Und was für ein Glück! Ich bekomme wieder ein Zuhause! Damit mir und allen meinen neuen Familienmitgliedern nichts passieren kann, bin ich in die Waschmaschine gestiegen und habe ein ausgiebiges Bad genommen! Jetzt rieche ich richtig gut! Eine kleine Operation habe ich auch bestens überstanden, weil mein Innenleben mal richtig aufgeplustert und getrocknet wurde. Heute hat mich mein Adoptivmama wieder in Form gebracht und die Stelle am Po fein zugenäht. Was für ein tolles Gefühl! Ich bin nicht mehr alleine!

Da sitzt nun ein kleiner dickbäuchiger plüschiger Eisbär auf der Sessellehne und strahlt mich aus zwei wunderschönen braunen Augen mit großen schwarzen Pupillen an. Und obwohl oder gerade weil seine kleinen Öhrchen nicht so ganz symmetrisch am Kopf sitzen und sein Lachemund ein bisschen schief steht, ist er für mich der hübscheste Eisbär, den es auf der Welt gibt.

Und seinen neuen Namen hat er auch bekommen:

FILOU

Gedanken einer Mutter

- Gedichte -

Für Ena

Ein neues Märchen muss her,
Du bist mein Held
Tapfer wie zehn Prinzen
Mutig wie zwanzig Recken
Bescheiden wie Aschenputtel
Lustig wie die Sternenfee
Klug wie der weise Uhu
Ängstlich wie ein Häschen

Du mit deinen glänzenden Haaren wie Rapunzel
Und einem Lächeln wie ein erlösender Zauberspruch

Ich bin stolz auf dich
(und ein bisschen auch auf mich)
Denn du bist mein Kind

(KH Markendorf 19.5.1998)

Gedanken einer Mutter

Ich wünschte mir, es wäre so,
Wie's bei den andern ist,
Dass, liebes Kind, du mir zuerst
Gesund geboren bist.

Ein Gott, das Schicksal, Tschernobyl?
Die Jahre machten klar,
Obwohl ich so voll Hoffnung bin,
Nichts bleibt mehr, wie es war.

Ein Zauberspruch, der müsste her,
Mit „Sim" und „Salabim"
Tät! ich dich heilen, mehr und mehr
Wie bei den Brüdern Grimm.

Doch schwer wie Blei mein Herz mir nun,
Gewissheit macht sich breit:
Die Ärzte können nicht viel tun!
Wer ahnt es schon, mein Leid?!

Du wirkst so tapfer und so stark.
Das hast du wohl von mir?
Doch würdest du die Tränen seh'n.
Oft wein ich für uns Vier.
Die strenge Welt ruft: Disziplin!

Der hohe Rat schaut streng.
Halb zieht es mich, halb sink ich hin,
Wohin in dem Gedräng?

Das Leben gibt mir kein Pardon.
Es läuft in seiner Bahn
Dahin, ich liefe gern davon!
Doch hab ich's nie getan!

Die düstren Wolken nähern sich
Am Horizont. Man sieht,
Es wird wohl schwächer bald das Licht.
Doch Schönes auch geschieht.

Das Lächeln kehrt zurück zu dem,
der freundlich in den Tag und
auf die Menschen zugehn kann.
Das ist, was ich vermag.

Man soll, so sagt man allgemein,
Die Kinder, sind sie groß,
doch endlich gehen, ziehen lassen.
Na klar, das ist grandios.

Doch was, wenn's Kind nicht laufen kann?
Nicht ohne meine Hand?!
Wenn ich gern da wär, dann und wann.
Drängt mich das an den Rand?

Wer meint, mein Leben zu verstehn,
Muss wirklich vieles wissen,
Durch Höh'n und viele Tiefen gehen,
Denn ich will gar nichts missen!!

Was ist gerecht, was gut, was schlecht?
Die Last trägt mein Gewissen,
Und doch:
Will mich ab jetzt für alle Zeit
Nie mehr verteidigen müssen...

(KH, Markendorf, März 2004)

Strand

muscheln
bersten knirschend
unter meinen schritten
nur wind
und die brandung
und eine schmerzende unendlichkeit

keine menschen
einsamer sturmvogel
kämpft,
        schreit,
               hält stand
(warum?)   ich

(Kur Trassenheide Oktober 2007)

Herbsttag

Knallbunte Revolution von Farben
Der Himmel strahlt sein herrlichstes Blau
Die Sonne brät sich Spiegelei
Der Ahorn protzt mit Rot
Und Gelb und Grün und Braun
Ach was, Bräune überzieht das Land
Ich halte mein Gesicht der Wärme entgegen...

Und noch kein Gedanke an Grau

(KH,Markendorf, Oktober 2006)

Ena

Eine Welt ohne dich, unvollständig und klein.
Immer wirst du bei mir sein!
Wir sollten hier näher zusammenfinden,
(Dein letzter Wunsch),ich sah ihn verschwinden.
Die vielen Jahre, wir zwei eine Macht,
haben deinen Papi und mich nicht näher gebracht.
Es gab leider mehr als einen Beleg,
unsere Liebe verirrt auf dem steinigen Weg.

Ich trauere um dich, das Herz fast zerspringt.
Halte die Familie zusammen.
Das mir das doch gelingt?!
Und deine liebe Schwester? Kämpft jeden Tag
Lässt sich nicht unterkriegen,
Wir stehen uns bei, sind nicht zu besiegen.
Unser Leben geht weiter, zähflüssig wie Brei.
Ist da noch Hoffnung?
Noch sind wir doch drei !

Die Anderen da „draußen" haben keine Idee,
Auf uns liegt eine Decke wie eiskalter Schnee.
Einige reden, meinen, sie wüssten Bescheid.
Aber ich trage seit Wochen das schwarze Kleid!
Uns geht es elend, es fehlt mehr als ein Stück
In unserem Leben...Und niemand gibt dich uns zurück!!

Der einzige Trost, der für uns besteht:
Dass es dir jetzt ganz sicher besser geht!
Und sollt' es den „Himmel" oder das „Paradies" geben,
Dann musst du mit deinem Opi dort unbeschwert leben.
Eines Tages, das wird so geschehn (???)
werden wir uns alle wiedersehn!!!

In Liebe deine Mami, Juli 2008

Erster Novembertag

Von oben auf die Stadt zu schau'n,
Ist wie ein bisschen fliegen.
Noch leuchtet bunt so mancher Baum,
Der letzte Sommer, nur ein Traum.
Muss nie mehr mich verbiegen.

Ich atme tief und lasse zu,
dass mir die Tränen rinnen.
Hab viel erreicht, noch mehr verlor'n!
Will leben, genießen, schau nach vorn,
Möcht manches noch gewinnen.

Der Fluss trägt meine Zweifel fort,
Hab heimlich so gelitten,
Versucht, es jedem recht zu tun.
Der Missgunst Neid macht nicht immun,
War oft mit mir zerstritten.

Ab heute darf ich frank und frei

Nur noch mir selbst gehören.

Kein Zwang mehr, keine Gängelei,

Mein Tun und Denken, einerlei;

Lass mich nie mehr zerstören

(Oderturm, 1.November 2021)

Vierter November

Nun ist der Bursche gut in Form

Es regnet junge Hunde

Die Tropfenmassen sind enorm

füll'n Pfützen Stund um Stunde

Und wieder geht mein Blick umher

kaum lässt sich was erkennen

Die „Grüner-Markt"-Leut haben's schwer

Der Rathauskran dreht auch nicht mehr

Beschirmte nach Hause rennen

Da bleibt mir nur ein kleines Licht

Ich trag's in meinem Herzen

November ! Unter kriegst mich nicht!!!

Du, meist grau-gräulich-nasser Wicht!

Zu Hause wärmen Kerzen.

(Oderturm, 4.November 2021)

Wer
Schmetterlinge
lachen hört,
der weiß,
wie Wolken schmecken.
(Novalis)

Wenn ein Schmetterling in meiner Nähe herumflattert oder sich kurz in der Sonne ausruht, bilde ich mir ein, dass du das bist.

Dann fallen mir unsere vielen wunderbaren Erlebnisse ein und ich flüstere dir einen Gruß zu.

Genauso ergeht es mir, wenn ich irgendwo Kraniche fliegen sehe, welche auf einem Feld entdecke oder ihre Trompetenrufe höre. Dann geht mir das Herz auf und ich habe einen liebevollen Gedanken an dich.

Immer und immer und immer
Deine Mami
April 2025

Dieser Papierschnitt entstand während der letzten großen Operation fünf Tage vor dem Tag Null meiner neuen Zeitrechnung.

Er ziert seitdem eine kleine Teelicht-Laterne